ばあばの手

西沢怜子 作
山中冬児 絵

もくじ

とんだとんだ竹トンボ

「さようなら」

伸也《しんや》は帰りのあいさつがおわると、ランドセルをしょいながらつぶやいた。

「なんか、おもしろいことないかなあ」

そばをとおりかかった一男《かずお》が、

「お、あるぜ。おれん家《ち》へこいよ」

といいながら、体をよせてきた。

「えっ、あ、あるの？」

おもわず、びびった。クラスで一番にがてなやつだ。

一男ときたら、伸也の消《け》しゴムをとりあげたり、体育の時間に先生の見ていないところで足がけをしたり、いやなことばかりする。

いじわるなやつに、急《きゅう》に親切ぶられても、すぐに、「うんいくよ」というわけにはいかない。

「お、おもしろいって、どんなこと？」

「竹トンボのとばしっこさ」

「竹トンボ」

「ああ、おれのじいちゃん、竹トンボづくりの名人なんだぜ。いろんなのつくったなあ」

一男は、得意《とくい》そうに鼻《はな》の穴《あな》をふくらませ、ひくつかせた。

「へええ」

名人ときくと、興味《きょうみ》がわいた。だいいち、竹トンボをとばすのなんて、やったことがない。おもわず、口がうごいた。

「いこうかな」

「こいよ、な、こいよ」

腕《うで》をつかまれた。返事《へんじ》をしなくてはとおもった。明日ならいけると、いおうとしたのに、

「わ、わかった、いく、いくよ。道教えて」

と、いっていた。

すると、一男は伸也の腕《うで》をひっぱってあるきだした。

「こいよ。いっしょにいきゃあいいんだ」

教室をでると、さっさと前をあるいていく。寄《よ》り道の禁止《きんし》なんて、一男には通

用しないようだ。

　のそのそあるく伸也《しんや》を、かんとくするようにときどきふりかえって、一男《かずお》は後ろ向きにあるく。

　校門をでて右にすすみ、一つ目の信号《しんごう》を左にまがる。しばらくいくと大橋《おおはし》がある。

　大橋は、きらら川一番の大きな橋だ。橋の左右が歩道で、中央《ちゅうおう》が車道だ。橋の上から川を見下ろすと、九月から晴天つづきで水量《すいりょう》の減《へ》った川は、すっかり川幅《かわはば》が細くなっている。

　橋をわたりきると、道はゆるい坂道《さかみち》になる。

　坂の上から見渡《みわた》すと、稲刈《いねかり》のすんだ田んぼが、目の中いっぱいに、とびこんできた。

　歩道は、坂をくだらずに右に折《お》れると土手になる。土手には、去年写生《きょねんしゃせい》にきた。

（まだ、先なのかな）

と、考えたとたん、お母さんのおこった顔がうかんだ。

「やっぱり、家にかえって、自転車《じてんしゃ》でくる」

おもいきって、伸也はいった。

「いくじがないな。じゃあさ、あの田の中の道をまっすぐにいくとな、石がきの家があるから、そこがおれん家《ち》。大きな山桜《やまざくら》の木があるから、すぐわかる」

一男は、坂からまっすぐのびた道をゆびさし、伸也の胸《むね》をこづいてからあるきだした。

伸也は一度家にかえると、自転車にのって一男の家にむかった。十一月の風が、背中《せなか》をおしてすぎていく。寒《さむ》い。

車が一台、スピードをおとしておいぬいていった。

田が、右側《みぎがわ》だけになったとおもったら、左側に用水があらわれた。

田んぼに水をひく用水にそっていくと、水門があった。水門の先に、さっきの車がとまっている。

水門のところには、一男《かずお》がたっている。

伸也《しんや》は、ブレーキをかけ、片足《かたあし》を地面《じめん》につけ、一男に声をかけようとした。すると、一男がさけんだ。

「あがってきなよ」

あがる？　だれにいってるの、ときこうとして、一男の横顔《よこがお》を見た。

困《こま》りきった顔だ。

「どうしたの？」

自転車をほうりだして、伸也はかけよった。

一男の横にたつ。一男の見ている用水をのぞくと、やせたおじいさんが、腰《こし》まで水につかってたっていた。

ただごとではない。

「どこの、おじいさん？」

伸也は、一男にきいた。

「おれのじいちゃん」

「えっ？」

「死《し》ぬんだって」

「ええっ！」

仲也は、あわてた。危険防止《きけんぼうし》の柵《さく》につかまって、さけんだ。

「だ、だめだよ、死んじゃあ」

すると、おじいさんが、ふがふがとしゃべった。

「若《わか》いもんが、よくしてくれないから、おれは、死《し》ぬ」

「わかいもん？」

仲也が、ききかえしたときだった。車からおりてきた男の人が、仲也の後ろにたった。

「じいさん、そんな水じゃあ、死ねやしねえよ」

と、その人は仲也の頭の上から声をかけた。

それから、柵《さく》をのりこえ、左手で柵をつかみ、右手でおじいさんの腕《うで》をつかんだ。

「かずくん、ほら、おれたちも」

伸也《しんや》がうながすと、一男《かずお》は、柵《さく》をのりこえ水の中にとびこんだ。柵をのりこえた伸也も男の人のまねをして、手をのばし、おじいさんをつかまえた。

おしりを一男におされ、ふたりに手をひっぱられ、おじいさんは道にあがった。

腰《こし》から下が、ぐしょぐしょにぬれたおじいさんは、がたがたとふるえている。

男の人がいった。

「おまえんとこのじいちゃんか？　はやく、風呂《ふろ》にいれてやれ。だれかいるんだろ」

「うん、わかった」

「どうもおまえの様子《ようす》が気になって、車、とめてたんだ。しっかりやれよ」

「うん。ありがと」

一男は礼《れい》をいうと、おじいさんと手をくんであるきだした。

おじいさんのはだしの足は、紫《むらさき》色になっている。

伸也は、おじいさんの下駄《げた》をつかむと、男の人におじぎをして、一男のあとについて、あるきだした。

目の前の、一男《かずお》の家の坂《さか》をのぼりはじめたとき、車の発進音《はっしんおん》がきこえてきた。

一男が、家にはいりながらいっている。

「じいちゃん、がんばれよ。じき、風呂《ふろ》にいれるから。伸也《しんや》はな、じいちゃんのつくった竹トンボをとばしにきたんだぞ。おれが、じいちゃんのつくった竹トンボ、よくとぶってさ、自慢《じまん》したからな」

「竹トンボ」

おじいさんが、一瞬《いっしゅん》、たちどまった。そこは台所だった。

「伸也、じいちゃんおさえてて、いま、風呂わかしてくる。あ、ズボン、ぬがしてて」

「う、うん」

いままで、そんなこと、したこともない。伸也の家は、お父さんとお母さんと伸也の三人で、年寄《としよ》りはいない。

（どうしたらいい？）

とりあえず、おじいさんを、台所のイスにつかまらせ、伸也はズボンに手をかけた。

ゴムひもいりのズボンは、すぐにぬがせたが、その下が、ぶよぶよしている。おじいさんは、ぶるぶるふるえているし、ぶよぶよのパンツは、さわるのも気持ちわるい。

「かずちゃん」

伸也は一男をよんだ。返事《へんじ》はない。

(若《わか》いもんが、よくしてくれないって、だれのこと？　もしかして、一男の、おとうさんとおかあさんのこと？)

伸也の頭の中を、おじいさんの言葉がかけめぐる。

一男の声が、とんできた。

「サ、サンキュウ。このタオルで、ふいててくれよ。おれ、上をぬがすから」

「いいよ、おれが、上ぬがす」

嫌《いや》がっている、伸也の気持ちがわかったのか、一男は、

「あ、これな。これ、紙おむつ」

といいながら、平気な顔で、紙パンツをやぶいた。水で重《おも》くなった紙パンツが、ぼとっと下におちた。

竹トンボどころでは、なくなった。

伸也《しんや》は、おじいさんのやせた体をごしごしこすった。お腹《なか》やももの皮《かわ》がたるんで、しわしわになっている。そのしわが、伸也がこするたびに、上下にうごいた。

「かずちゃんも、きがえなよ」

みれば、一男《かずお》だって、ふるえているのだ。

「う、うん」

一男は、手早く服《ふく》をきがえてくると、おじいさんを毛布《もうふ》でくるんで、電気コタツにいれながらいう。

「じいちゃん、ちょこっと、コタツにはいってな。ストーブつけると、かあちゃんにしかられるからな。ストーブたおすと、あぶないからさ」

「あぶなくなんかねえ。ストーブは、ちゃんとたってらあ」

コタツにはいりながら、おじいさんは、もごもごといった。まだ、ふるえている。

「お茶、のむと、あったまるかも」

伸也がいうと、一男は、素直《すなお》に、

「そうだよな」

と、ポットの湯《ゆ》を茶わんにいれて、おじいさんにのませる。やせた首の、のどぼとけが、ゴクリとうごいて、おじいさんは、白湯《さゆ》をのんだ。

風呂《ふろ》をのぞきにいった一男が、大きな声をあげる。

「もうだいじょうぶ。湯がすてなくて、よかった。じいちゃん、風呂だ、風呂にはいろう」

おじいさんが、また、ふがふがといった。

「風呂《ふろ》だ？　朝から風呂にはいるなんざあ、若《わか》いもんのするこっちゃねえ」

「若いもんじゃねえの。じいちゃんが、はいるんだ」

伸也は、おどろいた。学校にいるときの一男と、まるでちがうじゃないかとおもった。

（おじいちゃん子かな？　おじいさんに優《やさ》しいじゃないか）

一男は、おじいさんをゆっくりと風呂につれていき、毛布をとると湯ぶねにつからせた。

一男は、どこかから、ネマキと紙パンツ、自分の洋服《ようふく》をもってくると、脱衣所《だついじょ》にそれらをほうりなげ、服をぬいで、どぼんと湯ぶねにとびこんだ。

おじいさんと一男《かずお》がはいっても、まだ一人はいれるほど、大きな湯ぶねだ。

おもわず、伸也《しんや》はいった。

「えらいなあ」

「おれん家《ち》、みんな働《はたら》いているからな」

「えっ、じゃあ、かずちゃんもカギッ子？」

「カギッ子のわけねえだろ。じいちゃんが、いるさ」

その答えに、伸也はめんくらった。一男がいくらじいちゃんがいるといったって、このかわったじいちゃんではなあと、おもった。

それが、一男につたわったのだろうか。

「じいちゃんは、いつもは、ちゃんとしてたんだ。今日みたいに、おかしなことやったのは、はじめてだ」

まるで、いいわけするようにいった。

「そうなんだ」

「おい、おまえカギッ子*なのか？」

＊家族《かぞく》が仕事に出て家にだれもいないため、いつもカギを持ちあるいている子。

一男が、えらそうにきく。

「そうだよ。お父さんもお母さんも働いてるし、おれ四年生になったから。学童《がくどう》保育《ほいく》は三年生までだしね」

「じゃあ、さびしいだろ」

「べつに。お母さんがかえってくるまで好きなことできるもん。おれのおじいちゃん、北海道《ほっかいどう》だから、めったに会えないんだ。かずちゃんは、いいね」

「うん、まあな。おい、伸也、おまえもはいる？」

湯ぶねのなかから、一男はそうこたえて、黒目の大きな目を、いたずらっぽくひからせた。

「い、いいよ」

返事をきくと、一男はガハハとわらって、両手《りょうて》でざばっと湯をはねあげた。湯が、伸也のところまではねてきた。

「かず、あばれるなよ」

いままでだまっていたおじいさんが、はっきりとした声でいった。

風呂《ふろ》で体があたたまったから、口もしっかりきけたんだなと、伸也はおじいさ

んの顔をながめた。

顔に血《ち》の色がもどって、なんだかシワものびたようだ。

「さ、じいちゃんでるぞ」

一男《かずお》は、おじいさんを風呂《ふろ》からだすと、伸也《しんや》にまかせて、自分の身《み》じたくをはじめた。

「かずちゃん、このパンツ、どっちが前？」

紙パンツを、伸也からとりあげた一男は、

「ええと、こっちだな。かあちゃんが、こうしてたとおもう」

あてにならないことをいいながら、おじいさんに紙パンツをはかせた。

そのとき、おじいさんが、

「家のこともしねえで、遊《あそ》びあるいてるからちゃんとおむつもはけねえんだ」

と、ふがふがといった。

「母ちゃんは、働《はたら》いてるの。おむつがはけねえのは、じいちゃん」

ぽんぽんといいかえしながら、一男はおじいさんにネマキもきせた。

コタツにむかいながら、一男は、おじいさんにはなしかける。

「じいちゃん、竹トンボ、とばしてやんな」

「竹、トン、ボ」

ロボットみたいにつぶやいて、おじいさんはあるいていく。腰《こし》をまげ、両手を前におよがし、コタツの部屋《へや》へむかって。

「竹、トンボ。竹トンボ」

いいながら、茶ダンスの引き出しをひっぱったりしめたりしはじめた。どこにあるかわからなくなったようだ。

一男《かずお》が、自分の部屋から箱《はこ》をもってきた。

「ほら、おれのだ」

中から一本の竹トンボをとりだした。

「おう、おう」

おじいさんは、手にした竹トンボを両手でこすりながら、ほいと、はなした。

竹トンボはとばずに、ぽとりとタタミにおちた。

一男がやると、くるくるまわりながら横《よこ》へとび、障子《しょうじ》にあたってすとんとおちた。

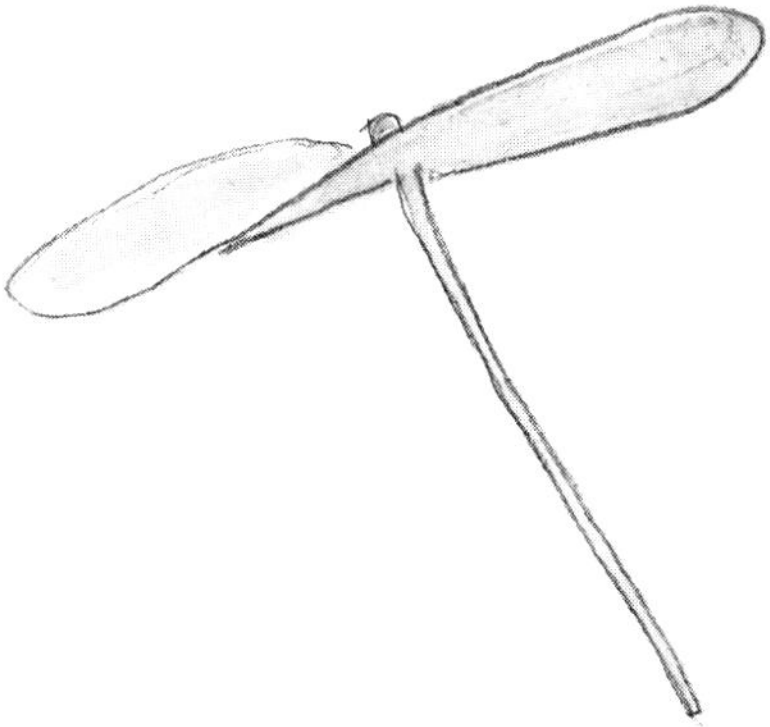

「外だ、そ、と、だ」

おじいさんが、いう。

「外は、だめだ。風がつよいよ。風にどこかへ、もってかれちまう」

「また、つくってやる」

「やだよ。これ、おれの一番だいじなやつだもん」

茶色とこげ茶色の、つやのある竹トンボを一男はそっとひろいあげた。

「だいじか」

「うん、だいじ」

「この、じいちゃんが、つくった」

おじいさんが、指《ゆび》で自分の鼻《はな》をさわった。

「そうさ。じいちゃんは、竹トンボづく

りの名人《めいじん》だもんな」

「は、は、は」

おじいさんが、うれしそうにわらった。

一男《かずお》はまた箱《はこ》の中から竹トンボをとりだした。

伸也《しんや》がのぞくと、箱はからになっていた。

（一本しかないの？　いろんなのつくったっていったけど、あとなにもなしか）

伸也のおどろきをふきとばすように、一男は元気にいう。

「これ、おまえにやるよ。じいちゃんが最後《さいご》につくったんだ。ただの竹だけど、よくとぶぞ」

「ただの竹ってなに？」

「あのな、おれのは、スス竹。黒いだろ、つやがあるだろ」

「うん。スス竹って？」

とつぜん、おじいさんが、はっきりといった。

「昔《むかし》は、イロリで薪《まき》をもしたんだ。その煙《けむり》がな、ながいあいだに、イロリの上にあった竹をこんな色にするんさ。こうなると、虫もくわねえ」

あまりはっきりしゃべったので、仲也は、めんくらった。

「へええ？」

一男は、仲也をふりかえっていう。

「スス竹はな、厚《あつ》みがないんだ。だから、羽にねじれをつくるのが、むつかしいんだ」

「ねじれ？」

「うん。おまえのもってるやつ、軸《じく》のところで、ねじれてるだろ」

仲也が、だまって、竹トンボをみていると一男は油性《ゆせい》マーカーをとりだした。

「ほら、けずってないとこに色ぬれば」

といいながら、緑《みどり》にぬった。

「あれっ、八の字の半分みたい」

「アルファベットのSみたいだねって、かっこよくいえよ」

「うふふ」

仲也は、おもわずわらってしまった。

「そうだね、こうしてもらうと、軸のとこが厚《あつ》いのが、よくわかる」

「だろ、羽の中心をもって上は右、下は左をけずるのさ。それを、じいちゃんがねじれっていう」

「ふうん」

一男《かずお》は、おじいさんの手から、スス竹トンボをとりあげて、伸也《しんや》にみせる。

「スス竹のほうは、厚みがないだろ」

「ほんとだ。おじいさん自慢《じまん》の竹トンボか」

「そうさ。じいちゃんとおれのな」

一男がそういったとき、また、おじいさんがさわぎだした。

「外だ、そとだ」

一男はそれをきくと、伸也にいった。

「おい、あそこのガラス戸、あけてくれ。おれ、じいちゃんに、半てんきせて、あそこへつれていくからさ。あ、おまえの竹トンボ、ちょっとかしてくれ」

「うん」

伸也は、竹トンボを一男にわたし、廊下《ろうか》のガラス戸を、そっとあけた。

綿《わた》いりの半てんをきたおじいさんが、一男にささえられてあるいてきた。手には、伸也の竹トンボがにぎられている。

「じいちゃん、いいぞ。ここにすわって、とばしてみな。あの、桜《さくら》の木のてっぺんまで」

「ああ、てっぺんまでな」

おじいさんの両手が、竹トンボの軸《じく》をくるくるとまわした。その手が、軸をこすって前後にはなれると、竹トンボは、上にとんだ。

「じいちゃん、うまいや。ぶーんてとんだ」

一男が声をあげたまさにそのとき、山ガラが一羽《いちわ》、竹トンボめがけてとんでくると、すーっとそのままとびすぎていった。

伸也はさけんだ。

「鳥だ！」

一男が手をたたきながら、大声をあげた。

「すげえ、じいちゃん、鳥が、虫とまちがえて、つかまえにきたぞ」

伸也と一男は、いっしょにさけんだ。

「とんだとんだ。すごいや」

ふたりの大声に、おじいさんがうれしそうにわらった。

「あ、は、は。とんだなあ、とんだとんだ」

いいあんばい

一　ガラス戸の絵

昼休みの三年一組では、教室に残《のこ》った男子たちが、カードの話をはじめた。

まさるは、窓《まど》のところにたって、風が校庭《こうてい》の土をまきあげるのを見ていた。男子のひとりに声をかけられた。

「まさる、カードもってるだろ？　交換《こうかん》しないか」

「カード？　あるけどさ、おれ、ミニカーのほうがすきだな」

すると、クラスで一番小さくて気の強いよしひろが、そばにきていった。

「まさる、遊《あそ》びにこいよ。おれん家《ち》のツネおじがさ、いっぱいミニカーもってんだ」

「えっ、ツネおじ？　おじさんがミニカーをもってんの、ふうん」

かわったおじさんだなと思ったら、あってみたくなった。

「まさるの家どこ？」

「神社《じんじゃ》のうら」

「神社のうら？　わかった、いくね」

まさるは学校から帰ると、ランドセルを玄関《げんかん》にほうりこんで、教えられた家にはしった。

「ここかな？　大きな家だなあ」

前畑《まえばたけ》とよばれる、ネギやダイコンのうわった畑《はたけ》と、庭があって、奥《おく》に家がたっている。

「よっちゃん」

よんでみたが、家の中からは返事《へんじ》がない。

そのとき、ふいに、うしろから声をかけられた。

「いいあんばい」

「ひぇっ！」

ふりむくと、鍬《くわ》をかついだ、体格《たいかく》のいい男の人が、まさるを見おろしている。

白目のおおい大きな目、大きな鼻《はな》、大きな顔。

（こわい）

おもわず、あとずさりした。

表情《ひょうじょう》のない顔は、まさるには、とてもこわくみえた。

とつぜん、その人が鳥のようなかんだかい声で、さけびだした。

「こ、こ、こども」

その声がきこえたのか、よしひろが家から出てきた。

「ツネおじ、どうしたん？　あれ、まさる、きてたの。わかんなかった」

（この人が、ツネおじ？　かわったおじさんと思ったけど、かわりすぎてる）

まさるは、しらずしらず肩《かた》に力をいれていた。

それが、ツネさんとまさるの、はじめての出会いだった。よしひろが、かたくなっているまさるをさそう。

「まさる、ツネおじの部屋《へや》であそぼうか」

「えっ、あ、うん」

ふたりが家にはいると、ツネさんも、のそりとあとについてきた。

家の中はひんやりとしていて、人の気配《けはい》がない。

まさるの家とちがって、きみわるいほど広いのに、ツネさんの部屋はせまくて台所《だいどころ》の横《よこ》にある、北側《きたがわ》の薄暗《うすぐら》い部屋だった。

「家の人たち、いないの？」

「ばあちゃんと、かあちゃんは、畑《はたけ》。とうちゃんは、会社だ」

まさるの質問《しつもん》にこたえて、よしひろはつけくわえた。

「ツネおじはね、ああやって、夕飯《ゆうはん》まえに、ミニカーを全部ならべて、遊《あそ》ぶんだ」

見ると、ツネさんはふるぼけたボストンバッグから、ミニカーをだして、たたみの上にならべている。

一番前が乗用車《じょうようしゃ》で、バイク、ワゴン車、バス、スポーツカー、軽《けい》トラ、とつづく。

九台のミニカーが、たて一列《れつ》に、きちんとならんだ。

「ためしに、あの三番目のワゴン車を一

番前にしてみ」

いわれて、まさるが、その緑《みどり》のワゴン車を動《うご》かしたときだった。

「うー」

犬や猫《ねこ》が、けんかをするときのような、うなり声がおこった。

ツネさんがうなったのだ。大きな目玉をむきだして、鼻《はな》の穴《あな》をふくらませ、顔を真《ま》っ赤《か》にしている。

まさるは、とびのいた。見れば、よしひろが上目《うわめ》づかいをしてしのび笑《わら》いをしている。

「なんだよ。なんで、こんなことさせたんだよ」

まさるには、よしひろの気持が、わからない。遊《あそ》びにさそったくせに、こんないじわるをするなんてと、おもった。

「ごめん。おれも、前にうなられた」

よしひろは、すました顔でそんなことをいう。

ますます、まさるは腹《はら》がたった。ぷんとふくれっつらをして、窓《まど》のところへいった。

だまったまま、よごれてくもったガラスにくるくると、いたずらがきをした。家で弟とよくする遊《あそ》びだ。

家の人たちが帰ってきたらしい。外から話し声がしてきた。

台所《だいどころ》でガタゴト音がしはじめると、しばらくして、おばさんの声がした。

「よし、だれか、きてるんか？」

「うん、こうや橋《ばし》の、まさる」

「ああ、こしてきた子か。ふかしイモがあるから、とりにきな」

おばさんは、そういうと野菜《やさい》をきりはじめたようだ。トン、トトンと、かろやかな音がしはじめた。

ツネさんは、お気に入りのワゴン車さえいじらなければ、あとはどのミニカーをいじってもおこらないらしい。

まさるは、蚊《か》とり線香《せんこう》のような「まる」をかきながら、ツネさんをふりかえった。

「これ、ツネさんのワゴン車だよ」

そういいながらワゴン車をかいてみせた。

「ワ、ワ、ワゴ」

ツネさんが、口からつばをとばしながら、まさるの横《よこ》にきて、太い指《ゆび》で絵をまねてワゴン車をかきはじめた。

口をあけているので、らんぐい歯《ば》*がまるみえだ。よだれをおとしそうだ。

ちょっと気持ちわるい。それでも、まさるはもうこわいとは思わなかった。

腰《こし》のまがったおばあさんが、さらにもったサツマイモをもってきた。

「イモ、たべなよ」

「はい」

「ツネのつくったサツマは、うまいんだよ」

おばあさんはそういって、さらをたたみの上においていった。

よしひろは、サツマイモをたべながら、もがもがと絵をほめる。

「うまいや、ツネおじ」

まるで、まさるにしたことなど気にもしていないらしく、左手にもったサツマをまさるの前につきだした。

「いいよ」

*歯《は》ならびのわるい歯

ことわるまさるに、むりやりサツマをおしつけると、

「ツネおじの、トラック」

なんていいながら、細《ほそ》い指《ゆび》で小さくトラックをかいていく。

「ト、トラック」

ツネさんは、よしひろの絵をまね、トラックをかきはじめた。

絵をかく遊《あそ》びが、三人の間ではじまったのは、そんなことからだった。遊びながら、三人して、ふかしイモを食べた。

サツマはさめていて、あまりおいしくなかった。

まさるが帰ろうとすると、出口でおばあさんに声をかけられた。

「どうだい、ツネのサツマ、うまかったんべ？」

おばあさんにそういわれると、つい、

「うん」

といっていた。

(焼《や》きイモのほうがいいけどな)

「ツネは教えたとおり、きちんと仕事《しごと》すっからな。サツマとサトイモは、ツネに

はかなわないんだ」

にこにこしながら、おばあさんはそういうと、「また遊びにきな」とつけくわえた。

三人の遊びは春がきてもつづいていたが、とうとうおしまいの日がきた。

四月から、まさるとよしひろは、少年野球団《やきゅうだん》にはいることにしたのだ。まさるはツネさんに、ちゃんとあいさつをした。

「ツネさん、もう遊べないよ。おれたち野球団にはいったんだ。野球ってさ、ひまがなくなるんだって」

と。

するとツネさんは、なにもいわないかわりに、しょぼんと肩《かた》をおとし泣《な》きそうな顔をした。

(まずい!)

まさるはあわてた。

「ツネさん、いいあんばい」

わざと大きな声で、明るくいってみた。

「いいあんばい」

ツネさんがくりかえした。

「いいあんばい。おれたちは少年野球にはいるし、ツネおじは、ええと、きょうはあたたかくて畑仕事にいいあんばいだ」

よしひろも、ツネさんをはげますつもりかとびはねてみせた。

すると、ツネさんはほんのすこし、にやりとした。


梅雨《つゆ》どきの雨もすくなかったが、七月にはいってからずっと雨がふらず、どこの畑でも作物《さくもつ》はぐったりとして元気がない。

七月の終《お》わりの日だった。ひさしぶりにまさるが、よしひろの家に遊《あそ》びにいくと、かみなりが鳴ってどしゃぶりの雨になった。

「ひどいな、これじゃ帰れないよ」

空を見あげてまさるがもんくをいっていると、ツネさんが横をとおりながら、いった。

「いいあんばい」

「えっ？」

びっくりしているまさるをおいて、ツネさんは雨のなかへ出ていった。

「ツネさん、いいあんばいなの？」

まさるが声をかけていると、

「そうだよ。ツネは雨がふらなくて、サトイモのできが心配《しんぱい》だったんさ」

おばあさんがカサをわたしてくれながらいった。

「いいあんばいって？」

「いいあんばいかい？　天気がよくていいですねとかさ、いいぐあいにおしめりの雨がふりましたねとかいうことさ」

おばあさんは陽《ひ》に焼《や》けて、しわのおおい顔をくしゃくしゃにしてわらっている。

帰りながら畑を見まわすと、ツネさんは雨にぬれるのもかまわず、サトイモに向かってあいさつしていた。

「いいあんばい、いいあんばい」

ひさしぶりの雨で、サトイモの葉《は》がつやつやしている。

まさるは胸《むね》があつくなった。ツネさんて、やさしいんだなと、思ったのだ。

(雨がふらなくて野菜《やさい》がかれたら、雨のせいにするし、野菜に言葉《ことば》もかけないな、おれ)

「ツネさん、さよなら」

声をかけると、たちあがったツネさんは、

「さ、よ、なら」

と、返事《へんじ》をかえしてくれた。

二

市では、夏ごろから、四輪駆動車《よんりんくどうしゃ》の盗難《とうなん》がつづいていた。

十二月九日、よしひろのとなりの家で高級車《こうきゅうしゃ》がぬすまれた。用事できていた親戚《しんせき》の人の車だという。

たちまちうわさがかけめぐり、つぎの日は学校でも、休み時間は盗難の話ばかりしていた。

十一日の朝はやく、よしひろがまさるの家にやってきた。

「まさるこいよ。見せたいものがあるんだ」

まるい顔のなかで、大きな黒い眼がきらきらひかっている。

「ぬすまれた車に関係《かんけい》ある？」

なぜかぴんときてたずねると、よしひろは真剣《しんけん》な顔でうなずいた。

まさるはあわててジャンパーをはおり外に出た。ふたりは走った。

「ほら、こっちだ。廊下《ろうか》にあがって」

入り口の戸をあけ、よしひろはまさるの背中《せなか》をおす。

廊下にたつと、よしひろは西側《にしがわ》からかぞえて二枚《まい》目のガラス戸を指さした。

そこには、ガラスの幅《はば》いっぱいにクレーン車がかかれている。

あきらかに指《ゆび》でかいたものだ。

まっすぐのびたクレーン車に一台の乗用車《じょうようしゃ》がつるされ、車の後部《こうぶ》が荷台《にだい》について
いている。

「これ、ツネさんがかいたの？」

「と、思う。指がきだもの」

「こんなミニカー、あったっけ？」

まさるのしつもんに、よしひろは首《くび》をふる。

「この絵、いつ、かいたのかな」

「ツネおじはね、人のあつまりがすきなんだよ。九日の晩《ばん》、ここにすわって、とうちゃんたちの話をきいてたみたいだ」

ぐるぐるとうでをまわして、よしひろはツネさんのすわっていた位置《いち》を教える。

ガラス戸の絵に、すこしずつ朝日があたりだした。

すると、ガラスのくもりがとれ、だんだんと絵がうすれはじめた。

「あれっ、だめだ、消《き》えるな」

あわてるよしひろの声に、まさるは思わずガラス戸をおさえてしまった。

絵はそんなふたりの前から消えていった。

「あーあ」

ふたりは廊下《ろうか》にすわりこんだ。

「これは、ガラスの外の明るさとよごれのせいかな」

まさるは指についた茶色い色を見ながら、つぶやいた。

「明るさか？　朝日があたって、外がわがあったかくなったからさ」

「そうか、温度《おんど》のせいか」

まさるが素直《すなお》にうなずくと、得意気《とくいげ》によしひろはつづける。

「うん。だったら、それをたしかめなくちゃな。まさる、夕方またこいよ。四時ごろならひえてくるし」

「いいよ」

家にもどったまさるは、いま、見てきた絵を思いうかべてみた。そして、ツネさんがいままでも指絵《ゆびえ》をかいていることにおどろいた。

ひさしぶりに、ガラス戸に息《いき》をふきかけてから、ツネさんがかいていたとおりにクレーン車をかいてみる。

はじめて、ツネさんとガラス戸に絵をかいたときのことを思い出した。

（ツネさんて、すごいかも）

四時になって、よしひろの家へいくと、まちかねていたのかよしひろが、早く、早くというように手をふりながらいう。

「いま、ちょっと、線《せん》が見えた」

たしかに、線が二本見えている。

まさるが見つめていると、線はふえ、時間がたつにつれて絵があらわれてきた。

「出たあ」

「やっぱり出たな」

ふたりは肩《かた》をたたきあった。

「なあに、あんたら大きな声出して。ガラスが、どうかしたん？」

おばさんが台所《だいどころ》から出てきた。

「ツネおじの絵だよ」

「ツネおじの、絵？　あんたらのいたずらだろ」

「ちがうさ。三年生のころ、ツネおじの部屋《へや》で、こういうミニカーの絵をかいて遊《あそ》んだんだ、三人で」

「そういえば、よくツネおじの部屋にはいってたねえ、ふたりは」

おばさんは笑《わら》った。

「あのさ、これ、ぬすまれた車だとおもうんだよ」

絵を指《ゆび》さす、よしひろに、

「ばかなことといって。ちゃんと、説明《せつめい》できないことをめったにいうんじゃないよ」

と、きびしいことばがあびせられた。

するとこんどは、よしひろが肩《かた》をそびやかしていいかえした。

「きいてみなけりゃわからないだろ。ツネおじにさ」

ちょうどそこへ、ツネさんが畑から帰ってきた。よしひろはツネさんを絵の前につれてきて、たずねた。

「ツネおじがかいたんだよね。あれ、車のナンバーだろ?」

上の方にあらわれた数字《すうじ》を指さす。

「ナ、ナ、ナ」

と、どもりながら、ツネさんも指さす。

そこには、五七‐八五とある。

「え? ツネおじ、字がかけるの?」

おばさんが眼をまるくした。

「ほらみろ。おれたちと遊《あそ》んだからだよな。絵をかいてさ」

胸《むね》をはるよしひろに、まさるはいった。

「ツネさんが自分の部屋《へや》でなく、ここでかいたのがちょっとわからないけど」

「だからいったろ、あの日ここにいたって。ここにたって、南に走る車を見てかいていたのさ。それなら車のナンバーだって見えるだろ」

よしひろはおこっている。

「そうだねえ、ここから西の通りはよく見える。かきねも低《ひく》いし。通りにとめといた車だそうだから、積《つ》みこむときはクレーン車はとまってたわけだし」

おばさんも、それはみとめた。

外がすっかり暗《くら》くなった。

廊下《ろうか》から五メートルほどのところにたつ街灯《がいとう》にあかりがつく。

街灯の下を車が通ったとして、ナンバーは読めるだろうか？

四人は通る車をけんめいに見つめた。

四台目に南にむかう車が、猫《ねこ》にでもおどろいたか、街灯の下でブレーキをふんだ。

「読めた。一五－〇三」

まさるが大声をだすと、ツネさんがまねをした。

「よ、よ、読めた」

それをきくと、よしひろは、おおいばりでいう。

「駐在《ちゅうざい》さんに電話してよ。犯人《はんにん》がつかまったら、ツネおじの手がらだぞ」

「そうだね。手がらだ」

おばさんはそういったけれども、思いなおしたのか、自分でかけろと、いいなおした。

ぷりぷりしながら、よしひろがかけた。

けれどもけっきょく、とちゅうから、おばさんにかわることになった。

駐在さんにかわれといわれてしまったのだ。

しばらくして、地区の駐在さんはバイクでやってきた。

「とにかく、この番号の車をしらべてもらおう。期待《きたい》はするなよ、きみたち」

そういってから、

「よごれたガラスと、四年生の探偵《たんてい》か」

ぶつぶつと、からかいとも、ひにくともとれることをつぶやきながら、番号をかきうつして帰っていった。

ツネさんのかいた数字はクレーン車の番号で、となり町のリース専門《せんもん》の自動車展示場《てんじじょう》のものだった。

そこの社員のひとりが、わるいなかまにそそのかされ、窃盗《せっとう》をはたらいていたのがわかったのは、それからすぐのことだ。

まさるにも、よしひろにも、それはうれしいニュースだった。

「やったぜ、これで、正月のこづかいふやしてもらうぞ」

よしひろは、まさるの背中《せなか》をたたいて、大さわぎだ。

「あきらめろ。いちばんの手がらは、ツネさんだからな」

にくまれ口をきいたけれど、まさるはほんとうはよしひろと、だきあってよろこびたい気分だった。

その気分が、ほんとうになるとは。

よしひろとまさるに、警察《けいさつ》から感謝状《かんしゃじょう》がとどいたのだ。

ふたりは、だきあってよろんだあとで、はたと気がついた。

「ツネさんが、もらわなくちゃなあ」

と。

それをきいてよろこんだのは、おばあさんとおばさんだ。

「あんたたちが、感謝状《かんしゃじょう》をかいてあげりゃあいいさ。祝《いわ》いのごちそうは、ばあちゃんたちがつくるさ」

「そうか、そうだね。そうすれば、おれたちも気分よくこの感謝状をもらえるな」

まさるがよしひろをふりかえると、うんうんと、よしひろはなんどもうなずいた。

祝いのごちそうはすごかった。おばあさんのぼたもち、おばさんの赤飯《せきはん》、なすやサツマイモのてんぷらが、ずらりとならんだ。

祝いの席《せき》で、まさるが感謝状をよみあげた。

「ツネさん、おれたちと遊《あそ》んでくれてありがとう。おまけにドロボウをつかまえられて、うれしいよ。それは、ツネさんの絵がうまくかけていたからです。ぼくとよしひろの感謝状をおくります」

うやうやしく感謝状をさしだすと、ツネさんはうけとりながら大きな声でいっ

た。

「いいあんばい」

その声は気持よく、ほんとうに気持よく、部屋《へや》のなかいっぱいにひびきわたった。

ぴっかりと晴れわたったその日、みんなの心もはればれと晴れわたっていた。

ばあばの手

大人《おとな》たちのさわぐ声で、さちこは目をさました。

となりをみると、母がいない。

「お母ちゃん」

さちこはとびおき、母をよんだ。

玄関《げんかん》のほうが、いやに赤っぽい。

「お母ちゃん」

もう一度、大声でさけんだ。その声がきこえたのか、母は外から玄関のガラス戸をあけてはいってきた。

「さちこ、さあ、おぶさって」

母がしゃがんで背《せ》をむけた。このごろ、母もさちこもねまきなどきていない。いつでも避難《ひなん》できるように着《き》のみ着のままでねている。

母におぶわれ外に出ておどろいた。

「うわっ！」

（空がこげてる！）

いままで見たこともない赤さだ。黒ぐろとつづく町並《まちな》みのはるか向《む》こう、東南の空が、ゆらゆら動《うご》く炎《ほのお》で赤く染《そ》まっている。

そのとき、男の人がさけんだ。

「もえているのは浅草《あさくさ》の方だぞ」

「えっ、浅草！　お母ちゃん、浅草がもえてるの？」

さちこは、おもわず大きな声をあげた。

すると、母はおろおろと答えた。

「そう。困《こま》った。どうしよう」

その声をかきけすように、まわりの大人たちから叫《さけ》び声がひろがった。

「B29爆撃機《ばくげきき》だ！」

「雨みたいに焼夷弾《しょういだん》がおちてる！」

赤い空の上を、群《む》れをなす鳥のように、黒い爆撃機がとぶ。そのたびに、ぱらぱらと落とされる焼夷弾。

「ばあばと、じいじのとこ燃《も》えちゃうよ」

さちこは急《きゅう》に恐《こわ》くなって、母の首にしがみついた。母の体もこきざみにふるえている。近くでさけんでいた男の人が、ふりかえっていった。

「奥《おく》さん、あんたんとこ浅草《あさくさ》だっていってたね。たいへんだ。でも望《のぞ》みはすてないさんなよ。小石川《こいしかわ》のこの辺《あた》りまでは、すぐにたどりつけるさ」

「はい」

母は小さく返事《へんじ》をすると、家にとびこんだ。

それは、一九四五年、三月九日から十日にかけ、東京下町《とうきょうしたまち》が大空襲《だいくうしゅう》に見舞《みま》われたときのことである。

さちこは、その日、六歳《さい》の誕生日《たんじょうび》をむかえた。

次の日の昼ごはんのときだった。

たまごいりのおかゆに、さちこがおおよろこびではしをにぎると、がたんと玄関《げんかん》のガラス戸がなった。

「ごめん」

「だれかきた」

とびだしてカギをあけたさちこの前に、黒くすすけた顔の男の人がたっていた。帽子《ぼうし》や服《ふく》もあちこちこげている。

きなくさいにおいもする。

「さちこや」

「じいじ、じいじなの？」

さちこが、ぼうだちになっていると、とびだしてきた母が、

「ま、お父さん、お、お母さんもご無事《ぶじ》で」

とうわずった声をだした。

「ああ、やっとたどりついた。ばあばが眼《め》をやられて時をくった」

目の前におしだされた、祖母《そぼ》の眼は赤くただれ、防空頭巾《ぼうくうずきん》にもリュックにもこげたあとがある。はきもののもはいていない。

「まあまあ、はきもの屋《や》のおふたりが、足袋《たび》はだしで」

母は涙声《なみだごえ》だ。

祖父《そふ》は、浅草《あさくさ》の象潟町《きさかたまち》ではきもの屋をひらき、祖母はその隣《となり》に産婆《さんば》の看板《かんばん》をかかげていた。

「ともかく、顔をあらってお食事を」

母が、かいがいしくふたりのめんどうをみる。

祖父《そふ》はずるずるずると、むさぼるようにおかゆをかきこんだ。おかゆは、さちこと母がたべるふたりぶんを、湯《ゆ》でのばしたものだ。

「じいじ、おなかすいてたんだね」

さちこのことばに、祖父は、はっと顔をあげてすこしわらった。

「飲《の》まず食わずだったからな。まる一日」

「のまずくわず」

「ああ、火からにげるのがやっとだった」

母が祖母《そぼ》にきいた。

「どの道をにげて？」

「はじめは、言問橋《ことといばし》をわたって向島《むこうじま》へとおもったけど」

「橋《はし》をわたらずに？」

「そうだよ、それで助《たす》かった。ご先祖《せんぞ》さまのおかげだ」

祖母たちは言問橋のてまえで、先祖の位牌《いはい》をわすれてきたことに気づき、家にもどったという。橋にもどりかけると、遠目《とおめ》にも橋の上には両岸《りょうぎし》から人が殺到《さっとう》していた。

ふたりは、わたれないと、判断《はんだん》した。

祖父《そふ》がいった。

「そこへ、火がおそいかかったんだ。風がつよく、火がとぶようにはしった」

それでも焼夷弾《しょういだん》は落《お》ちつづけた。あちこちで火の手があがり、にげまどう群《ぐん》衆《しゅう》の行く手は、火の粉《こ》と煙《けむり》で暗《くら》くなった。

「あれは地獄《じごく》だ。とちゅう、防火《ぼうか》用水の水をかぶっていると、にげてきた人が、隅田川《すみだがわ》におおぜい人がとびこんだと教えてくれた。人で身動きがとれんかったらしい」

祖母《そぼ》が口をひらいた。

「さちこよりすこし大きい子が、小さい子の手をひいてたね。髪《かみ》もまゆ毛もこげてたよ」

祖母が口ごもると、かわりに祖父がいった。

「横《よこ》をはしっていた女の人が、父ちゃんと母ちゃんはってきいたんだ。すると大きいほうの子がいうんだよ。死《し》んじゃったよって」

「まあ」

母がめじりをふいている。

「わたしが、なにかにつまずいて、くしゃくしゃの目でよくみると、こげた女の人だったんだよ」

「まあ」

「胸《むね》に幼《おさな》い子をかかえていて」

祖母のくしゃくしゃの目から、涙《なみだ》がこぼれる。祖父がつけくわえる。

「その子も息《いき》はなかった。男の子だった」

母が祖母の体に手をかけた。

「お母さん、横《よこ》になってください」

祖父とちがってあまりたべない祖母を、母は寝床《ねどこ》にさそった。

さちこは、祖父のちりちりとこげたまゆ毛をみながらきいた。

「じいじたちは、ずっと歩いてきたの？」

「そうだよ、馬道《うまみち》や言問通《こととい どお》りをさけて、あっちこちはしり、谷中《やなか》をとおって小石川《こいしかわ》まで、さちこの顔をみるまでは死にたくないとおもったよ」

「うん、死ななくてよかったね」

「ああ、よかった」

祖父《そふ》は、さちこをあぐらの中にだいてゆすりながら、よかったをくりかえした。

声がしなくなったとおもったら、ねむっていた。

母が、そっとさちこをたたせて、祖父を横にした。

「お父さん、そのまま横になって、枕《まくら》をどうぞ」

祖父は、茶《ちゃ》ぶだいの横で、死《し》んだようにねむった。ときどき、祖父と祖母《そぼ》は、

「ううっ」

「ひいっ」

と、苦《くる》しそうにうなり声をあげた。

ふたりが目をさましたのは、さちこが、夕飯《ゆうはん》のすいとんをたべおわったときだった。

祖父が、すいとんをたべながらいいだした。

「疎開《そかい》しような、ばあばの故郷《こきょう》へ」

祖母の故郷は群馬県《ぐんまけん》だ。そこには、いつきてもいいよと、祖母の姉《あね》が家を借《か》りてくれてあるという。

家といっても、避病院《ひびょういん》の管理棟《かんりとう》だそうだ。

避病院というのは、セキリやエキリ、チフスなどの疫病《えきびょう》がはやったときに、人びとを隔離《かくり》する病院のことだ。

「あっちには、ばあばのねえさんたちもいるからな。じいじが手をひくありさまでは、産婆《さんば》もできんだろうなあ」

祖父の言葉《ことば》に、祖母がいった。

「もうそんな気力はありませんよ。あんな地獄《じごく》をみちゃっては、この手で赤ん坊《ぼう》をとりあげるなんて」

「なにをいっとる。だからこそ、お産を手伝《てつだ》ってこれからの日本を」

祖父は、おしまいの言葉をぼそぼそとつぶやくようにいった。

祖母は、慶応《けいおう》大学の産婆科をでたのが自慢《じまん》だった。

「ばあばはね、さちこのお父ちゃんを群馬《ぐんま》にあずけて、医者《いしゃ》とおなじ勉強《べんきょう》をしたんだよ」

と、よくさちこにかたってきかせたものだ。

いつも、しゃんとしていた祖母が、いまはふるくなったナスのようにしなびている。

「わたしのとりあげた子も、その親たちも生きのこった人たちはどれだけいるのか」

祖母《そぼ》のふるえ声をきいたとき、

（ばあばの家の隣《となり》のはるちゃん、どうしたろう？）

あそんでくれた二歳《さい》上の友をおもった。すると、さちこの胸《むね》は、なにかにさされたように、きりりといたくなった。

さちこは、群馬県《ぐんまけん》で国民《こくみん》学校の一年生になった。

勉強よりも、兵隊《へいたい》さんの服《ふく》にするからと、桑《くわ》の木の皮《かわ》むきをさせられたのにはおどろいた。

切りそろえた桑の枝《えだ》がわたされると、さちこたちは、切り口につめをあて皮をむいていく。

むいた皮はたたかれ繊維《せんい》にされて、兵隊さんの服になる。

さちこは手のろで、いくらがんばっても、他《た》の子どもの半分しかむけなかった。

その年の八月十五日、日本は戦争《せんそう》に負《ま》け、終戦《しゅうせん》をむかえた。

秋風がたちはじめ、帰還《きかん》の話がされていたが、父はまだ戦地から帰らない。

ある日、母が埼玉《さいたま》の大宮《おおみや》へ越《こ》すことになった。

疎開《そかい》した人間は、すぐには東京《とうきょう》にもどれなかったからだ。

「お父ちゃんが戦地から帰ってきたら、きっと浅草《あさくさ》にいくわ、そのつぎに小石川《こいしかわ》ね。小石川のつぎにくるのは大宮よ」

母は、なんどもそういった。そして、小石川の家は借家《しゃくや》で、もう返《かえ》してしまったのだと説明《せつめい》した。

大宮というところに、父が出征《しゅっせい》するまえに土地を買っておいたらしい。そこに祖父《そふ》が倉庫《そうこ》のつもりで小屋をたてたようだ。

祖父が、いった。

「じいじは、はきものの行商《ぎょうしょう》をするから、大宮とここをいったりきたりする。さちことお母ちゃんの連絡係《れんらくがかり》をしてやるよ」

「行商って、なに?」

「行商ってのはな、店がないから、品物《しなもの》をかついで売りあるくのさ」

「ふうん」

「ま、たべものを、お母ちゃんにはこぶのがさきか」

「じゃあさ、フナとエビとってあげるね」

小川で、フナやエビをとったことをはなすと、母と祖父《そふ》が顔をみあわせて、

「さちこが、フナとエビをねえ。たくましくなって」

と、わらった。

母のいない生活がはじまった。汽車が汽笛《きてき》をならすたびに、さちこは家をとびだすのがくせになった。

(お母ちゃんが、くるかもしれない)

期待《きたい》は、いつもはずれた。

毎朝、さちこは祖母《そぼ》の経《きょう》をよむ声でめざめる。めざめて顔をあらい、身仕度《みじたく》をおえるころ、祖母は眼《め》の手当《てあ》てをはじめる。

湯《ゆ》でといたホウサンを、ガーゼにひたし、それを箸《はし》ではさんでまぶたをこするのだ。

それを祖母は、眼をあらうという。

手当てがおわると、朝ご飯になる。

「しっかりおたべ。しっかり勉強しなくちゃね。お父ちゃんが帰ってきたら、びっくりするようなおりこうさんになるんだよ」

「うん」

祖母は、信心深い《しんじんぶか》人だった。それに、さちこの父がまだ戦地から帰ってこないので、無事《ぶじ》に帰還《きかん》するように、仏《ほとけ》さまやご先祖《せんぞ》さまに祈《いの》っていた。

「さちこも手をあわせて、おとうちゃんの無事をお祈りするんだよ」

学校へいく前には、かならずそういってさちこを仏壇《ぶつだん》のまえにすわらせるのもわすれない。

年があけると、祖母はたのみこまれて産婆《さんば》をひきうけることになった。

四月、さちこは二年に進級《しんきゅう》した。

五月になった国語の時間のことだった。

「お父さんという題《だい》で作文をかいてもらいます」

先生が、用紙をくばりながら、いった。

さちこには、いっぱいかきたいことがあった。兵隊《へいたい》さんのために桑《くわ》の皮《かわ》をむい

たこと。

今は小川で、フナやエビをとって、お母ちゃんにあげるつもりだということ。

夢中《むちゅう》でかいていると、となりの席《せき》のかつ子がのぞきこんでいった。

「桑《くわ》の皮《かわ》むいたんべ」

「うん」

「フナもとったな」

さちこは、みむきもせずに恐《こわ》かった夜のことをかいていた。

―このあいだ、夜、目をさましたの。その日はじいじもいなくて、ばあばも、さちこのとなりにねてなかった。びっくりして廊下《ろうか》のほうもさがしたの。廊下はながくて真《ま》っ暗《くら》でこわかったよ。おとう

ちゃんは、戦地《せんち》でこわいことないですか──

さちこは、父に手紙をかくつもりでかきあげた。

ところがつぎの日、とんでもないことがおきた。

「昨日《きのう》、かいてもらった作文にまったく同じものがありました」

と、先生が恐《こわ》い顔でいったのだ。

みんなが、声をあげた。

「ええっ」

「かつ子さんとさちこさん。たちなさい」

さちことかつ子は、ゆっくりとたちあがった。みんなが、ふたりをみている。

「どちらがまねしたの、正直《しょうじき》にいいなさい」

みんなの目が、大きくみひらかれた。さちこは、のどになにかがはりついて、声もだせない。

「どうしたの」

先生のその声に、たまりかねたようにかつ子が声をあげた。

「さ、さっちゃんが、ま、ね、た」

さちこには、みんなが息《いき》をのんだのがわかった。

「疎開《そかい》っ子がまねた？」

だれかが、いった。そのとたん、教室中がさわがしくなった。

「静《しず》かに！　わかったから、ふたりはすわりなさい。二度《ど》とこんなことはしないように」

さちこは、いっしゅん「なんで！」と、さけぼうとした。

（そんなのちがう、ちがう）

「ひ、ひびょういん」

（避病院《ひびょういん》にいるのは、あたしだけだ）

といいたかった。

しかし、いいかけたさちこの小さな声は、みんなの声でかきけされた。

さちこは、どうやって家にかえったのかもわからない。

夕飯のとき、はしのすすまないさちこに、祖母《そぼ》がきいた。

「さちこ、どうした。お腹《なか》でも痛《いた》いかい？」

「ううん」

「そうか？　どうもなにかあった顔だね、その顔は」

いわれたとたん、胸《むね》にためておいたものがさちこの中からふきだした。

「えっ、えっ、えっ」

涙《なみだ》が、ぽたぽたひざにおちた。

「やっぱりな。学校でいやな目にあったんだね」

さちこは、なきながらうったえた。

「あ、あたしが、おとうちゃんにかいた作文かつ子ちゃんとおなじだって」

「作文がおなじ？」

「まねしたって、あたしが。えっ、えっ」

「先生が、そういったのか？」

「ううん、かつ子ちゃんが」

「さちこが、まねたんじゃないんだね？　それでさちこはなんていったの」

「なんにもいわない」

「なにも？」

「病院《びょういん》にいるのあたしだもん。かつ子ちゃんはすんでない」

「病院のことかいたのかい？」

「うん、あの廊下《ろうか》のこと」

さちこが避病院《ひびょういん》の廊下につづくドアをゆびさすと、祖母《そぼ》はふうむとうなってだまった。

たちあがった祖母は、茶だんすから草もちをだしてきた。

「さちこ、あまいものをおたべ。昼間《ひるま》ばあばがつくっといたんだ」

さちこがだまっていると、祖母はゆっくりとはなしはじめた。

「さちこ、この間ばあばは、さちこを一人《ひとり》でおいてお産《さん》によばれてった」

「しってる。眼《め》がさめたから、ばあばをさがした。あの廊下をずうっとはしって。え、え、うええん」

さちこは、また泣《な》きはじめた。

「そりゃあ恐《こわ》かったろう。悪《わる》いことをしたなあ。あの晩《ばん》は、じいじもいなかったし。赤ちゃんが産《う》まれるというのは、大事《だいじ》なことなんだよ」

「うん」

さちこにだって、お産のだいじなことはわかる。

「さちこ、あした赤ちゃんをみにいかないかい？　かわいいよ。つれてってあげよう」

「ほんと？」

うまれたての赤ちゃんてどんなだろう。かわいい赤ちゃんにあえるとおもうとうれしくなった。

「ほんとだよ。ほれ、いま泣《な》いたカラスが、もうわらった」

祖母は、さちこをからかい、草もちの皿《さら》をおしだしてよこしながら、はなしつづけた。

「ばあばはね、赤ちゃんが無事《ぶじ》にうまれるとありがたくて涙《なみだ》がでてしまうんだ。泣き虫だね。さちこのこと、からかえないよ」

「うふっ」

さちこは、うすみどりの草もちをつかむとかぶりついた。

「あまくない」

「そうかな、それ塩《しお》あんていうんだよ。すこしはあまいだろ?」

あんこはあまくないが、よもぎの香《かお》りが鼻《はな》にぬけた。よもぎのすじが、さちこのすきっ歯《ぱ》にはさまる。

指《ゆび》ですじをとっていると、さちこの気持ちはすこしずつおさまってきた。

(あたし、いまに先生になるんだ。やさしい先生になるんだ。みんなの前でしゃべれない子がいたら、その子の話もちゃんと聞いてあげるんだ)

さちこは、一人《ひとり》でうなずいた。

つぎの日、さちこが学校からかえってくると、祖母《そぼ》は黒めがねをかけ、さちこをつれて家をでた。

祖母の眼《め》は、まだ光に弱いのだ。夏とはちがい、ぎらつく強さはないけれども、それでもまぶしいという。

避病院《ひびょういん》の坂道《さかみち》をくだり、石ころ道をしばらくいくと地蔵堂《じぞうどう》にぶつかる。左にいけば学校だが、祖母は右におれた。

田おこしのすんだ田、しろかきのすんだ田と、田には人の手がはいって、田植《たうえ》もまぢかだ。

田をかぞえてすすむと、六枚《まい》めの田の横《よこ》に左にはいる道があり、大きな農家《のうか》があった。

「ここが、赤ちゃんの家だよ。さあ」

その家にあがると、赤ちゃんが小さなふとんにねていた。

そばには、赤ちゃんのお母さんと、おばあさんがいて、ふたりの前にタライと水をいれたバケツがおいてあった。

「さあ、お湯《ゆ》をはってくださいな」

祖母にいわれて、おばあさんはお湯をはこんでくる。

「水をすこし」

ひじをだして、祖母は湯につける。

「まだ、もうすこし」

おかあさんが、バケツの水をいれると、祖母はゆっくりと湯をかきまわしてからいった。

「はい、けっこう。あなたも、ひじをつけてあつさをおぼえて」

おかあさんが、ひじで湯のあつさをはかっているあいだに、祖母《そぼ》はすばやく赤ちゃんをはだかにした。

「ふぎゃあー」

赤ちゃんが、なきだす。おかまいなしに、祖母は赤ちゃんの両手《りょうて》を左手でにぎって、くるりと体をひっくりかえした。

（あっ、あぶない）

さちこが目をみはる前で、祖母は赤ちゃんの背《せ》に手ぬぐいをかけ、またくるりと体をひっくりかえす。

「ふぎゃー、ふぎゃー」

赤ちゃんの声が大きくなる。

「だいじょうぶ、ほれ、すぐ気持《きも》ちよくなるよ」

祖母は赤ちゃんのおしりをささえ、足からゆっくりと湯にいれた。くるんだ手ぬぐいをぬらしていく。

「さちこ、赤ちゃんはね、布《ぬの》で体をおおってやると安心《あんしん》するんだよ。ほーら、気

持ちよさそうに、足をうごかしてる」

なきやんだ赤ちゃんは、足をぐいぐいとうごかした。

さちこは、手を湯の中にいれて、赤ちゃんの足にさわってみた。ひくんと、赤ちゃんが足をひっこめる。

「えへっ」

おもわずわらったさちこに、祖母《そぼ》がいう。

「かわいいだろ？　赤ちゃん」

「うん」

「はい、おかあさん、お湯をたして」

湯がたされると、祖母は湯をかきまわし、なんども赤ちゃんの体に湯をかけた。

あたたまった赤ちゃんを湯からあげ、へその手あてをし、着物《きもの》をきせた。それから祖母は、赤ちゃんをおかあさんにわたしながら、「ありがとう」といった。

（ばあばが、お母さんにありがとうだって）

さちこはすこし考えて、ばあばは、元気な赤ちゃんをうんでくれたお礼《れい》をいっているのだとおもった。

赤ちゃんは、汗《あせ》をかいておっぱいをのんでいる。

「さあさ先生もおまごさんも、こっちへきてお茶のんどくれ。じょうちゃん、だんごすきだんべ？」

おばあさんが、きいた。

「うん」

「そうかい、そりゃあよかった。はい」

手づくりの焼《や》きだんごが、皿《さら》の上にある。

しょう油《ゆ》をつけて焼かれただんごは、ところどころこげめがついている。

「おいしい」

だんごのおいしさに、おもわず声をあげると、おばあさんがうれしそうにいった。

「そうかい、うまいかね。すこしもってかえっとくれ」

だんごをほおばったまま、さちこは、目をみはってうなずいた。

群馬《ぐんま》にきてから、さちこはたべものに困《こま》ったことはない。祖母の姉《あね》たちが、米をわけてくれたり、さつま芋《いも》をくれたりした。

こんどのお産《さん》のお礼《れい》は、麦《むぎ》だった。

帰るときだった。担任《たんにん》の先生が庭《にわ》にはいってきた。

「あっ、先生」

さちこが声をあげると、祖母《そぼ》が、

「まあまあ、先生いまお帰りですか。まごがいつもお世話《せわ》になっております」

といいながら、頭をさげた。

先生が、かたい表情《ひょうじょう》でおじぎをした。

ひっつめ髪《がみ》が、よけい先生をきつくみせている。

さちこは、祖母にきいた。

「ここ、先生の家？」

「そうだよ。赤ちゃんのお母さんは、先生の家のお嫁《よめ》さんだよ」

こたえてから、祖母はつづけた。

「さきにあるいてて、いいよ」

それから、先生に近づいていった。

さちこは、もらっただんごをだいじにかかえて、あるきはじめた。なんとな

く、そばにいてはいけないのだとおもえた。

村道《そんどう》にでて、田に水をひく小流《こなが》れをのぞいてみる。

(ばあばは、先生の家だっていわなかった)

泥《どろ》がむくりとうごいた。ドジョウがいるのだろう。

じっと流れをのぞいていると、話をおえた祖母《そぼ》が、声をかけてきた。

「さちこ、待《ま》たせたね。さあ、帰ろうかね」

「うん」

さちこの手をとった祖母が、ふりかえっておじぎをした。みると、先生がこっちをみている。

さちこも、おじぎをした。

あるきはじめると、祖母がいった。

「さちこの作文のことをきいてみたんだよ。まったく同じだったそうだ。避病院《ひびょういん》のことを書いたそうですがときいたらね」

「…………」

「暗《くら》い廊下《ろうか》と書いてあったと。あれは、避病院のことでしたかって、驚《おどろ》いてた。

あわててしかってわるかったと、あやまってた」

さちこはだまったまま、あるいた。

地蔵堂《じぞうどう》を左にまがると、樹木《じゅもく》にかくれていた避病院が眼《め》にはいる。坂《さか》の上の避病院は西日をうけて、えらそうにたっている。

「ばあば、大人《おとな》って、大人にはあやまるけど、子どもにはあやまらないんだね」

「あ、は、は。まったくなあ」

祖母は笑《わら》いながら、つないでいるさちこの手をぎゅっとにぎった。

「いたいよ、ばあば」

文句《もんく》をいったけれども、それは、どんなときも、ばあばはさちこの味方《みかた》だよという、あいずのようにおもえた。

そのとき、戦地《せんち》へいくまえの父と、手をつないだときのことをおもいだした。父の手は大きくて温《あたた》かく、ごつごつしていた。

（お父ちゃんは、きっと帰ってくる）

さちこはおもわず、つないでいるばあばの手を、ぐいと、にぎりかえした。

あとがき

おはなしサークルの一員として、図書館や学童、保育園などで「おはなし」を語っています。

保育園児には人形を使って、下手な腹話術などもしてみます。

すると、こどもたちは目を輝かせ口をあけ一心に聞いてくれます。終われば人形に握手をしにきます。どのこも、私のおともだち。

私の大切なこどもたちに、昔、戦争があったことを書き残しておきたくなりました。

銀の鈴社の西野様、柴崎様が、平和への思いを理解してくださり、出版の運びとなりました。ありがたいことです。

いまは亡き、吉田タキノ先生のお導きかもしれません。先生が遺してくださった「窓の会」で、仲間と共に研鑽を重ねられることの幸せを感じています。

作品に、すばらしい挿し絵を描いてくださいました山中冬児様には、心からお礼申し上げます。ありがとうございました。

二〇〇九年　六月

西沢怜子

作・西沢怜子（にしざわ れいこ）

東京生まれ。武蔵野美大教員養成科卒。
（NPO）特定非営利活動法人「おにの家」理事。
㈳日本児童文学者協会、児童文化の会、窓の会会員。
『あまった時間に』（まつやま書房）、『オペレッタ』埼玉文芸賞準賞（まつやま書房）、『埼玉の童話』（共著　児文協、リブリオ出版）、『トロールの森』（共著　窓の会、けやき書房）、『物語山』（総和社）、『火の粉』日興書籍。

絵・山中冬児（やまなか ふゆじ）本名・一益

1918年大阪生まれ。1940年大阪美術学校油絵科卒。
■主な作品（絵本・挿絵）
『ドリトル先生航海記』（偕成社）、『ジュニア版世界の名詩』（岩崎書店）、『だいもんじの火』（ポプラ社）、『しらゆきひめ』（金の星社）、『ふうたのゆきまつり』（あかね書房）、ほか童心社、教育画劇、実業之日本社、評論社、文研出版、講談社、小峰書店、新学社など多数。

NDC913
西沢怜子　作
神奈川　銀の鈴社　2009
88P　21cm　A5判（ばあばの手）

定価＝一、二〇〇円＋税

鈴の音童話
ばあばの手

二〇〇九年六月二四日　初版
著　者——西沢怜子© 山中冬児・絵©
発　行——㈱銀の鈴社　http://www.ginsuzu.com
発行人——柴崎　聡・西野真由美
〒248-0005　神奈川県鎌倉市雪ノ下三-八-三三
電　話0467（61）1930
FAX0467（61）1931
〈落丁・乱丁本はおとりかえいたします〉
ISBN 978-4-87786-724-9　C 8093
印刷・電算印刷　製本・渋谷文泉閣